KB272215

웨스턴 유토피아

인지

웨스턴 유토피아

1판 1쇄 인쇄 2026년 4월 15일
1판 1쇄 발행 2026년 4월 20일

발행처 도서출판 문장
발행인 이은숙

등록번호 제2015-000023호
등록일 1977년 10월 24일

서울시 강북구 덕릉로 14(수유동)
전화 02-929-9495
팩스 02-929-9496

ISBN 978-89-7507-002-0 03810

문장 시인선 018

웨스턴 유토피아

박철희 시집

도서
출판 문장

박 철 희

▶시인의 말

에메랄드빛 레이크 루이스에
송어가 펄떡이는 소리를 듣고
세상 시끄러운 소리와 관계없이
카누에 올라 노를 저어나간다

2026년 봄 상천재에서
박 철 희

METAL ARTS
suarezandsons.co
LAW FIRM & OFFICE
2F CAO Mercado Building
Capitol Site, Cebu City

▶ 차례

3부

1

미소

남자친구에게 데이트 신청을 받아서
아니면 유럽행 해외여행 무료티켓이라도

마치 붉은 신호가 바뀌지 않기를 바라는 것처럼
마티즈 안에서 여자는 몸을 흔든다

잠시 후 그녀는 내 눈길을 느낀 건지
검정색 썬팅 유리를 급하게 올렸고

순간 도로에 정차된 차들이 바로 빠지면서
미모의 여인은 시선에서 멀어져 갔다

한 사람의 미소로 인해 나 또한 좋았던 것 같다
집으로 향해 운전대를 잡은 시간이

입안에서 스르르 녹는 솜사탕처럼 달콤했다

금강에서

마을에 몇 채 남지 않은 거우듬한 기와집 뒤
뒷산 울울한 숲 백목련 가지 사이 어딘가

잡풀들이 무성하게 자라나 그닐거리는 모습에
가슴속을 새들이 휘저어 긁은 것처럼 날아간다

금강에서 지역개발로 인해 항상 함께 했던
이웃들과 풍광을 다시 볼 수 없다고 생각하니

깊은 슬픔이라고 해야 하나
아님 심중에 울음이 가득 찼다고 할까

강가로 천천히 걸어가 이별을 달랠 수 있는
들꽃들 살랑임과 진한 향기를 가슴에 품어야겠다

새벽별

04시 25분 잠에서 깨 신선한 공기를 마시러
엘리베이터를 타고 1층으로 내려와

앞마당에서 새벽별을 바라보고 있었다

잠시 후 커플룩처럼 보이는 미색점퍼를 입고
오른손에 묵직한 아이스박스를 든 남녀가

옆 동 출구를 빠져 나와 어디론가 향하는 모습에

그들 관계가 부부 혹은 동료인지 알 수는 없었지만
하루의 시작을 일찍 열어나가는

모습은 역동적인 힘으로 종일토록 나를 흔들어 깨웠고
그 중심엔 새벽 4시가 있었다

동반자

빨간색 헬멧을 쓰고 오토바이에 올라
도로를 질주하는 노부부는 급해 보인다

전통시장에 들러 추석 명절을 쇠기 위해
여러 식재료를 구입하러 가는 길일까
아니면 해가 지기 전 못다 한
가을걷이 차 서둘러 밭을 향해 가는 건지

백미러에서 점점 멀어져만 가는
어르신 커플이 눈에 쑤욱 들어왔다
빼곡한 승용차들 사이를 빠져나가는
그 모습이 아슬아슬하다고 느꼈지만 절묘했다

평생을 하루도 떨어지지 않고 함께 살았을
부부의 세월이 아름답게 다가왔다

유혹

20시 15분 홍천군 갈마곡리 새롭게 지어진
극동아파트 앞 새파란 물길이
찰랑이는 홍천강변을 따라

푸릇푸릇한 초록빛으로 포장된 산책로 뒤
연두색 메쉬펜스 철사를 타고 올라와
활짝 핀 꽃들은 발걸음을 멈추게 했다

담장을 경계로 붉은색과 노란색 들꽃들은
서로 자기를 뽑아달라고 목소리를 높이며 출마했던
지난 총선 후보자들 같았다

들꽃들은 색깔로만 나를 유혹하지 않고
아름다운 향기로 마음을 달뜨게 했다
행인을 유혹하는 형형색색 빛과 함께 선 꽃들은
스마트폰으로 셀카를 함께 찍자고 아우성 쳤고

꽃무리로 인해 순간 황홀감에에 빠졌다

화이트 카페

토요일 05시 43분까지 침대 위에 죽은 듯
숨만 쉰 채 무력증이 와 누워있다
06시 30분에 집을 나서서
황금색 마세라티에 몸을 싣고

홍천 시내에 있는 화이트 카페에 도착해
미모의 바리스타가 파나마에서 며칠 전 도착한
원두커피를 갈아 온수로 드립하여 컵에 담는 중이다

푹신한 의자에 앉아 내게 내놓은
상위 1%의 다이아몬드급 커피를 음미하면서
30분쯤 먼저와 오늘 인터뷰를 하게 될
인문학강사를 기다린다

오래전 떠났던 사람을 만날 것 같은 설렘으로

웨스턴 유토피아

발아래 70미터까지 내려가 원지반에 발을 디뎠다
지하도시를 건설하기 위해 구멍을 뚫는
점보드릴의 굉음과 웅장함에 입이 떡 벌어졌으며
쿵쿵 쾅쾅 쪼개진 암반 덩어리들을
굴착기로 트럭에 싣고 쉼없이 운반한다

벽이 무너질지도 모르는 불안감을 누르며
어려운 상황에서도 일에 열중하는 분들이 계셔서
미래 도시인 서부환승센터는 세워지고 있다
현장 감사를 마친 뒤 임시승강기를 타고 올라와
새파란 하늘을 올려다보며 감사함을 느꼈다

안전화를 세척하고 관계자들과 인사를 나눈 뒤
초등학교 친구와 약속시간에 늦지 않으려고
지하철역을 향해 빠르게 걸어갔다
오늘은 그동안 말로만 들었던
건설현장을 체험한 활기찬 하루였다

머지않아 지하세계에 모든 것이 다 갖춰진 신도시에서
많은 시간을 사람들은 보내게 될 것이고
서쪽에 건립된 새로운 낙원으로 받아들이지 않을까 싶다

천안 호두과자

운전 중에 좌우를 곁눈질하다 보니
우측 도로변에 세워 놓은 간판 몇 개가 눈에 들어왔다
천안 명품 호두과자 원조 호두과자 우리 밀 호두과자

휴게소 한구석 공터에 주차 뒤 사람들 움직임을 살폈다
상호에 '원조'가 들어간 상점을 향해
십여 명쯤 되는 사람들이 자주색 관광버스에 내려
가게 문을 밀고 우르르 들어가고 있었다

내 머릿속엔 빠르게 허기를 채워
고등학교 동창과 약속을
늦지 않게 도착하려는 마음이 급했기 때문에
국산 밀로 만든 호두과자 한 봉지를 받아
차 안에서 점심 대신 빠르게 먹었다

씹을 때마다 고소한 호두 향과
부드러운 단팥이 별미라는 느낌이다
이 길을 다시 지나가게 된다면

부모님께 호두과자를 선물해야겠다고 생각했다

주문진 식당

17시 30분 주문진 식당에 도착해
불맛에 매콤한 맛이 밴 오징어볶음과

황금가루를 씌운 밑반찬을 몇 가지 주문했고
주방장은 볶음을 연탄불에 달달 볶기 시작했다

나는 달큰한 믹스커피를 천천히 마시며
의자에 앉아 나뭇가지에 걸린 뭉게구름에 눈길이 갔다

잠시 뒤 은박지도시락에 담긴 황금오징어볶음 25마리와
포럼에 참여한 직원들이 저녁식사 때 먹게 될 밑반찬과

푸르른 동해에서 헤엄칠 것 같은 신선한 요리를
20어 분 정도 기다린 뒤 받을 수 있었디

직원들은 정말 맛있다면서
그릇을 싹 다 비웠고 그곳 전번을 묻기도 했다

옛 친구

시청 부근 국물이 시원한 능이삼계탕 맛집으로 알려진
궁궐식당에서 친구를 만나기 10여 분 전 도착해
검정고양이와 산책하는 사람들 옆에서 서성이고 있다
회색 셔츠를 입고 까무잡잡한 얼굴에
은테 안경을 낀 남자가 걸어오는 모습을 본 순간
그가 오랫동안 만나지 못했던 동창이란 걸 알았다

부둥켜안고 반갑게 인사를 나눈 후
엘리베이터로 2층 식당에 올라가 예약된 테이블에 앉아
식탁 위 삼계탕이 보글보글 끓고 있고
창문 너머로 유유히 흐르는
금강을 바라보면서 저녁식사를 마친 뒤
산책로 벤치에 앉아 알싸한
계피향이 녹아든 수정과를 마시며
그동안 나누지 못한 이런저런 이야기들을 했다
이별 후 800년 만에 재회한 영화 속 주인공처럼
각자의 길을 가기 위해 일어나면서

올해가 가기 전 다시 보자는 말을 건네며 헤어졌다
언제 다시 보게 될진 모르겠지만
어지럽다고 해야 할까 여러 감정이 뒤섞여 다가왔다

느티나무

은행면 정자리 미림아파트 관리소 앞
오래전 마을 입구에 우뚝서 있던 은행나무처럼

느티나무 한 그루 하늘을 향해 높높이 키를 키우고 있다

서로 다른 방향으로 가지를 뻗어나가도
떨어질 수 없는 한 몸이기에

이산가족처럼 헤어져 이별의 아픔을 겪을 일은 없었지만

15년간 함께 했으니 이젠 서로 떨어져 각자의 길을 찾아가려고
아니면 몇 년 뒤 자연스럽게 독립을 하고 싶은 걸까

나무보다 길지 않을 삶을 살아가는 인간으로서
자연의 섭리를 이해하는 것이 이토록 어려운 걸까

느티나무 앞에 서서 삶이 무엇인지 가르침을 받은 하루였다

인문학 특강

토요일 어린이인문학 강연을 듣기 위해
청소년 수련관에 몇몇 가족들이 도착했다
심심함을 달랠 간식을 챙겨 자리에 앉아 나눠 먹으며
무대 위 강사의 리허설 준비를 지켜봤다

반짝이는 금빛 악기를 두 손으로 잡고
엠보셔를 찾는 빨간 입술 그녀는 매혹적이었다
플루트에서 아름다운 선율이 뿜어져 나오자
관객은 열렬히 박수를 쳤다

작은 체구에서 강렬하게 분출된
음악에너지는 내 마음을 휘감았고
베토벤의 가슴 아픈 사랑이야기를 담은
월광소나타에 대해 낮은 목소리로 전해주었다

다양한 감정을 음악으로 표현하는 인문학 강의와
플루트 연주는 오랜 시간 기억에 남을 것 같았고

초대해 준 벗에게 연신 감사하다는 말을 건넸다

사막

고비사막을 그려 달라 말했건만
황금색 크레파스는 황량한 모래산을 그리지 못했다
푸른 하늘도 타는 듯한 태양도 아닌
어느 여름날 바람조차도 느낄 수 없는 괴괴한 벌판이었다.

그곳은 고요한 침묵이 배어든 세계라 생각했는데
동생은 몇 가지 색들을 백지에 펼쳐놓은 듯
내 부탁은 어느 순간 흩날리는 모래알처럼 사라졌고
아우는 백지 위에 다른 세상을 구현했다

그가 말없이 그린 사막엔 황량함이 아닌
생명들이 살아 숨 쉬는 자유로움이 있었다
화가의 붓질로 인해 각양각색 다채로운 세계가 펼쳐진

그 속에는 알 수 없는 어떤 것이 있었다
그림을 향해 아무 말도 하지 못한 채 멍하니 서 있다
일순간에 스러진 시붉은 저녁노을로
삶의 한 부분이 갑자기 바뀌었다고 느꼈을 뿐이다

미숫가루

'기적은 니가 내 앞에 있는 거다'란 주제로 화가가 전시한
100여 점의 작품 관람을 위해 여주미술관으로 향했다
그곳에 도착하자마자 내부동선을 따라 작품을 감상하고 보니
작품들은 몽환적 분위기가 배어 나오는 유화였다

감상을 마치자 미술관과 연결된 레스토랑으로 천천히 다가가
종업원에게 미숫가루를 주문했다
함께 간 그녀도 내가 선택한 음료를 주문해 마시면서
자신도 가끔 사무실에서 만들어 마신다고 말했다

테라스에 앉아 작가노트를 읽은 뒤 카운터를 돌아보니
직원은 유리잔에 얼음을 띄운 음료를 내려놓고
다른 손님들에게 다가가 주문을 받고 있다

음료수가 입안에 퍼지자 어릴 때 여름이면
엄마가 타주었던 걸죽한 미숫가루가 생각났고
7월 말에 부모님 댁에 갈 때는
유기농 미숫가루를 준비해 맛있게 타 드려야겠다고 생각했다

관곡지에서

호흡에 집중하여 호오오 호 100번 이상 반복 중
어떤 이유일까 알 수 없는 눈물이 주르륵 흐른다

가슴이 뻥 뚫린 것처럼
시원하다고 말할 필요도 없이
바다에서 물고기들이
움직이는 소리도 들리는 듯하다

헤엄치던 물고기들이 환상처럼 사라진 뒤 돌아보니
어느 순간 여기에 서 있는 내가 나 자신인지

다른 세계에서 급작스럽게 날아든 또 다른 나인지
얼룩진 유리창을 마른수건으로 닦아내듯

헤아릴 수 없을 정도로 수면 위 무수히 핀
백련과 홍련을 바라보며
물 위에 둥싯 뜬 내 마음속 묵은 때들을
청량한 바람으로 쓰으윽 밀어낸다

무지개

운무가 자욱하게 깔린 한적한 도로변에
7초 후 아니 11초쯤 지난 뒤

분홍빛이 아롱거렸다

빠르게 그 빛들이 전부 사라진 뒤
신호등 불빛이라는 걸 알게 됐다

그러다 안개가 걷힌 뒤 아파트 밖
장미꽃 담장 뒤에 선 채로

고개를 들어 하늘을 올려다보니

바로 코앞에서 하늘은 무심하지만은 않은 걸까
빨주노초파를 활짝 펴서 보여주며

감흥을 불러일으키는 연출자로 다가왔다

배수로

배수로 안쪽 지난밤 내린 비에
우두두 흩어진 장미꽃잎들
그 광경을 본 나는 서글퍼졌다

그 모습을 본 나는 희망도 보았다
슬펐던 이유는 나도 언젠가 떨어진
저 꽃잎처럼 흩어지게 될 것만 같았고

희망을 본 이유는 배수로에 쌓인 오물을
주기적으로 관리하게 되면 장대비가 내리 꽂혀도
지하주차장이 침수되지 않을 것이기에

격랑을 헤쳐왔던 삶을 생각하면 무상이란 말이 떠오르듯
새소리가 하늘을 찌를 것처럼 울고 지나가는 오월에
내 안에서 꿈틀거리는 생을 찾아나선다

오! 월드에서

11시 49분 따가운 땡볕 아래 아이들은
놀이기구를 타느라 더위를 잊은 듯하다
세상 시끄러운 것과 관계없이 배가 고팠던지
매콤한 떡볶이를 입안에 넣고 우걱우걱 씹는다

12시 13분 더위를 잠시 벗어나기 위해
민소매 티셔츠로 갈아입고 시원한 바람을 맞다보니
15미터 범퍼카 대기줄도 1.5미터처럼 느껴진다

12시 39분 소년은 범퍼카 대기줄 끝에 선 채로
전원이 켜질 순간만을 기다리며 의자에 앉아 핸들을 쥐고 있다
소년의 귀에는 바람소리만 부드럽게 들린다

12시 48분 범퍼카가 출발하며 쏟아내는 기계음 소리
우 웅 웅 머릿속을 훑고 지나간다
바로 그 순간 트랙 마찰음은 하나의 리듬을 만들어 내며
드넓은 놀이동산 여름날을 오 월드 축제로 변모시킨다

12시 58분 소년은 미래의 삶이랄 수 있는 범퍼카처럼
속도감 있게 빠르게 움직여 불안감을 줄 수도 있지만
순간순간을 잘 견디고 서로를 살펴주며
저마다 원하는 자리를 찾아갈 것이라고 생각한다

心德

생일날 엄마가 온갖 정성을 기울여 요리해준
불고기를 맛있게 먹었을 때 느꼈던 기분과

나를 참 귀여워했던 삼촌이 삼거리에서 교통사고로
갑자기 세상을 떠났을 때 매우 슬펐던 감정과

매일 아침이면 잠 깨어 일어나
노란색 편지지에 사랑을 고백했던 그녀의 마음과

누군가를 강물에 빠뜨리고 싶을 정도로 미웠던 건
무엇 때문에 어디에서 나타난 마음일까

함박눈이 펑펑 쏟아지는 눈을 바라보면서
이런 감정은 왜 불쑥불쑥 올라오는지 궁금해하며

솔직히 말하면 불혹을 넘게 살았는데도 알 수 없지만
나쁜 마음을 줄이기 위해 깊이 성찰하기로 했다

싸이월드

디지털 카메라로 찍어 인터넷에 올렸던
사진을 들여다봤다
대학교 동기들과 내장산에서
붉은 단풍잎 사이에 옹기종기 모여 앉아 찰칵

함평 축제장 샛노란 국화꽃 주변에서
날개를 팔랑이던 암끝검은표범나비
일본 여학생과 캐나다 로키산맥
콜롬비아 아이스 필드에서 빙하수를 마시며 찍었던 장면

동경 롯폰기 힐스 모리 타워에서
야경과 함께했던 시간
군 제대 후 참여했던 첫 동원훈련
대기업 입사시험 합격 후
친구와 거칠게 숨을 내쉬며 올랐던 대청봉

가상공간에 사진을 올려가며 친구들에게 알렸던
현실을 담은 순간도 이내 과거가 되었지만
좀 더 기억에 남을 수 있는 시간을 만들겠다고 생각하며
아직 오지 않은 미래를 향해 두려움 없이 길을 간다

유비무환이란 말을 떠올리며

2

아들

선배는 막내아들 운전강습이 시작되길 기다리며
이번만큼은 끝까지 해내리라 굳게 믿고서
한 치의 고민도 없이 일시불로 결재를 했다

보름 뒤 찬호는 도저히 연습에 집중이 안 된다며
지난번처럼 수강 중단을 요청한 까닭에
다음날 결재 취소를 위해 강습소를 급히 찾아갔다

형수는 이번에도 아들의 면허증을 취득할 수 없다는
현실이 매우 괴로워 화장실 문을 잠근 채
울음을 참지 못하고 큰소리로 엉엉 울고 말았다

강하게 대하면 부서질 것 같고
부드럽게 대하면 자립심을 키워주지 못할 것 같은
자식들과의 소통방식엔 정답이 없다고는 하지만

그럼에도 물고기를 잡아서 주는 것보다
잡는 방법을 가르쳐야겠다고 생각했다

살사댄스

작년 여름 일상에 지쳐 보이는 초등학교 후배와
평소 다니던 동호회에 함께 갔다

그는 즐거운 표정으로 취미생활에 대해 관심을 보였으며

그러다 장칼국수로 점심식사를 하던 중
갑자기 결혼을 했다는 소식으로 나를 놀라게 했다

그간 무슨 일이 있었는지 궁금했지만
그저 축하한다는 말 한마디로 가볍게 응대했다

우울함을 과감히 버리고 활기차게 변한 모습을 보며
한 사람의 인생이 바뀌는 과정을 바라볼 수 있어 기뻤다

흰색 정장에 반짝이는 검정구두를 신고
무대 위에서 날렵하게 호흡을 파트너와 재게 맞출지

그 선택 또한 각자의 몫이라고 생각했다

안부

오랜만에 환경부 연구원으로 열정적으로 근무했던
대학교 후배인 민아와 근황을 주고 받았다
남편이 김해에서 환경엔지니어링 회사를 설립해
함께 일한다는 소식을 전했다

10여 년 전 공학박사 학위까지 취득한 그녀는
국가직 연구원으로 비점오염원에 대해 연구를 했었다
자주 연락을 주고 받지는 못했지만
일과 학업을 병행하는 후배를 지켜봐 왔다.

직장 근처로 오게 되면 만나서 밥 한끼 먹자고 했더니
김해를 방문하게 되면 연락을 달라고 말했다
선후배 사이로 이렇게 서로에 대해 묻고 챙기는 점심시간은
혼자가 아니라는 생각에 마음이 든든했다

휴대전화를 천천히 들여다보면서
연락할 사람이 많았는데 무엇이 그렇게 바빴던 걸까
앞으로는 평소 소원했던 지인들에게 안부를 물어야겠다

저울

올 여름 불볕 더위를 피해
동해바다로 휴가를 다녀왔다
오랜만에 사무실에 복귀해
타닥타닥 탁 말없이 컴퓨터 자판을 두드렸다
미뤘던 몇 가지 일을 급하게 처리한 뒤
메일함을 열어보니 회신기한이 정해진
자료 요청 메일이 기다리고 있었다

시침이 얼마나 빠르게 돌아간 걸까
오늘 하루도 벌써 오후 5시 45분이다
예전 같았으면 초조한 마음으로
휴가 복귀 첫날을 보냈겠지만
이제는 하루 하루를 감사한 마음으로 받아들인다

팔랑팔랑 정원을 날아다니는
긴꼬리제비나비처럼 시간이 여유롭진 않았지만
바쁜 일상의 추와 개인적인 만족감의 추를
양쪽에 달고 있는 저울이 있다고 하면
오늘은 내 감정추가 만족감의 추 쪽으로
살짝 더 기울어졌던 하루였던 것 같다

Café 모토모토

현대식 건물 한가운데 실내풀장이 널찍하게 설치된
카페 안 푹신한 의자에 앉아 창밖을 내다보며
아이스커피와 바게트 빵을 씹으며
수다를 늘어놓는 목과 다리가 긴 여인 셋

급작스럽게 발작하듯이 쏟아지던
소나기가 언제 그랬냐는 듯 그친 뒤
주차장에 세워두었던 차에 올라타
내비게이션으로 자신들이 가야 할 곳을 찾는 듯하다

다음 목적지를 정한 걸까 주차장 우측 출구를 돌아
천천히 은회색 벤츠가 빠져나갈 때
붉은색 벽에 비친 주황색 라이트가
반사 돼 내 눈을 시리게 했다

그러다 친구들과 속초 장사항 근처에서
활어회에 소주를 마셨던 기억이 떠올라
단톡방에 번개모임 공지를 올린 뒤
국장에게 보고할 서류들을 끝내기 위해

10여분 정도를 걸어 사무실로 되돌아와 업무를 마쳤다

이스턴 파라다이스

산책로를 따라 걷던 중 강물에 비친
시뻘건 노을은 걸음걸이를 멈추게 했고
그 순간 여태까지 경험하지 못했던
구름 위 세상으로 나를 이끌었다

그곳에선 날렵하게 헤엄을 치고 있는
청둥오리 한 쌍이 노닐고 있다
조심스럽게 다가갔지만 빠른 속도로 비행하여
어디론가 퍼들껑 날아갔다

지구별에서도 혼자 산책을 했는데
여기서도 마찬가지다
어느 곳을 가더라도 뚜벅뚜벅 걷겠다고

세상에서 살아 움직이는 동안
무언가를 보고 무언가에 깊이 탐닉한다는 건
의미와 무의미한 세상사를 건너뛰어
순간이동이란 느낌이 들었고

열린 세계에 대해 깊이 사유하게 됐다

끝사랑

사랑을 찾아 방송에 출연한
50을 넘긴 남녀들 감정이 궁금했다
그 나이에도 설레임 농도가
20대 풋사랑처럼 후끈 달아오를 수 있을까

열정만으론 상대편 호감을 사로잡을 수 없기에
그 결말을 단정 지을 수 없었고

그라운드에서 22명이 뛰는 축구선수들처럼
호흡이 잘 맞는 모습을 보여줄 수 있을까

오랫동안 혼자 살아온 그들에게 의문을 품었으며
그런 역량이 있을까 궁금했던 연유로
마지막 사랑을 마음속에 집어넣었다 끄집어내
이번엔 서로에게 잘 맞는 동반자를 찾기를

프로그램 종영 후에도 사랑을 찾아 헤매지 않기를 바랐다
그들이 불면의 밤에서 이젠 벗어날 수 있기를

출퇴근 전략

일을 처리하는 중 다른 일이 주어지게 되면
부담감으로 마음이 무겁다고 할까
그 순간부터 주어진 일을 어떻게 할지
긴장감으로 인해 답답했다

정시 퇴근을 할 수 있을까
오늘도 초과근무를 해야만 하는 걸까
우선순위를 정하기 어려웠다
점심시간 구내식당에서 밥알을 목구멍으로 씹어 넘기다
불편한 속을 달래기 위해 식사를 멈추고
기분전환을 위해 건물을 빠져 나왔다

불안하고 답답한 마음을 누그러뜨리려
버드나무 휘늘어진 가지에 눈을 맞추다
업무시간에 쫓기지 않으려면
한 시간 먼저 출근 한 시간 늦게 퇴근해야겠다고

일을 하면서 왜 하는지 분석해 실수를 줄여나갔다

석촌호수

방이동 B스터디 카페에서 원격근무서비스를 이용해
사무실 업무를 평소보다 일찍 끝낸 뒤
약속시간까지 한 시간쯤 남아 인근 석촌호수로 이동한다

공원 벤치에 앉아 미루나무 길게 늘어진 나뭇가지와
17층까지 보이는 제2롯데월드와 미풍을 온 몸으로 느낄 때
추리닝을 입은 여자 1이 호수 둘레를 빠르게 달린다

단발머리에 근육질인 여자는 100미터 달리기 선수가
운동장을 달리듯 내 앞을 휙 지나간다
공원 왼쪽에선 시간을 잊은 것처럼
몇 명의 노인이 야외 운동에 열심히다

특히 쉴 새 없이 훌라후프를 빙글빙글 돌리고 있는
할머니 두 분은 그 솜씨가 대단하다
금요일 오후 서울 한복판에서
유익한 시간을 보내는 사람들을 바라보다

약속시간이 다 되어 가벼운 발걸음으로
고등학교 동창인 J를 만나기 위해
송파 근처 한우 식당을 향해 걸음을 옮긴다

검둥이

집 근처 등산로를 따라 발걸음을 옮겼다
산길을 따라 2킬로미터쯤 지났을 무렵
검은색 개 한 마리가 길가에서 서성거리다

꼬리를 흔들며 동네 친구처럼 반긴다
내가 자리를 떠나려 하자 녀석은 쫓아왔다
산행객들이 개줄을 묶으라고 권유해
견주도 아니었지만 검둥이를 데리고 하산했다

볼일을 보고 화장실을 나오자
입구에 앉아 나를 기다린 듯 했고
자동차에 올라 50미터쯤 지나 확인해 보니
여전히 따라오고 있는 모습이 보였다

유기견 보호센터에 위치를 알려주었고
30분도 되지 않아 개를 데리고 갔다
그 순간 주머니에 있던
소시지를 먹이지 못한 게 후회되었다

자동 잠금장치

테라스에 선 채 서쪽 하늘에 펼쳐진
붉은 노을에 눈길이 꽂혀
시원한 바람을 즐기며 캔맥주를 마시다

손잡이를 꾹 눌러 당기는 순간
녹색문은 열리지 않는 철벽이 되었고
문이 순간 닫힌 것도 몰랐다

휴대전화를 방에 놓고 나와
외출한 친구를 무작정 기다릴 수밖에 없었다
포구 시장으로 광어회를 먹으러 가자고 할 때
따라나서지 않은 것이 후회됐지만

한참 뒤 돌아온 경철에게 반갑게 손짓하자
바로 문을 열어주었고 급하게 볼일을 봤다
지진이 난 것처럼 부르르 몸을 떨면서

은퇴

후배 아버지께서는 복숭아밭을 일구고
유튜브를 보면서 청주 본가에 오지 않는다고 했다
퇴직 전 그가 마음속으로 그리며 꿈꾸었던
자유롭고 평화로운 삶을 실행하고 있었다

연고도 없는 시골 마을에서 끼니를 해결하며
홀로 지내는 것이 그렇게 즐거운 걸까
생각해보니 그는 주변 간섭 없이
멋진 삶을 누리고 있는 것 같았다

언젠간 나도 은퇴 후 살아갈 숙제를 받은 듯
많은 생각에 빠지게 한다
쇼핑몰이 즐비한 도심 속에서 북적이는 삶
아니면 한적한 전원에서 생을 마무리할 것인가

어렵지만 15년 후 다가올 삶의 모습을 그려봤다
홍천어린이인문학연구소와 상천재에서 봉사 활동을 하며
제2의 인생을 살게 될 내 모습을 상상해 본다

미로 탈출

비좁은 공간에 주차를 했다 그곳에서 별일 없이
어슬렁거리는 사람들은 왜 그렇게 위태롭게 보일까

주변에 공간인지능력이 떨어지는
노인들이 다닌다고 생각하니 너무나 아찔했다

주차장 출입구에 들어선 순간 위치 확인을 위해
주머니에서 핸드폰을 꺼내 사진을 찍었다

업무를 본 뒤 기둥이 똑닮은 공간에서
헤매지 않고 주차장소를 바로 찾기 위해
긴장을 늦추지 않았다

미로를 닮은 주차장은 삶 속에서 불쑥 발생될 사고처럼

예측 못한 상황이 출현할 수 있다고 생각하며
차에 올라 운전대를 잡고 그곳을 조심스럽게 빠져나왔다

산다는 건 웃는 것도 늘 웃을 수 있는 것도 아닌 까닭에

금강경

심한 몸살 감기로 병원을 찾았던 날
환자들로 인해 어른인지 아이들인지 어려울 만큼

대기실은 웅성거리는 소리로 가득했다

1시간 20분쯤 기다렸을까 5분 정도 진료를 받은 뒤
마스크를 의무적으로 착용했던 시절이었기에

안경에 서린 김 때문에 시야가 가려져 매우 불편했지만
한겨울에 병원을 찾을 일은 그동안 없었던 까닭으로

어렵게 의사에게 처방전을 받아 밖으로 나와
약국에 들러 약사에게 조제약을 받을 수 있었다

그러다 욱신욱신 쑤시는 팔과 다리 어깨를
연신 주무르다 감기를 끊어낼 수 있는

경전을 내 안에 깊이 들이기 위해 금강경을 독송했다

레드 바

술집 종업원이 테무에서 구매한 4색 아이라이너로
친구 오른쪽 손등에 웃음 표정과
악어 이빨 모양을 어지럽게 그려도 그는 개의치 않았다

위스키 석 잔을 마신 뒤에야 손등에 그려진 그림이 마음에 들었는지
그는 여자에게 흐뭇한 표정을 지어보였다

만족하는 그의 얼굴을 보며
어릴 때 화가가 되고 싶었다던 그의 말이 기억났다
10분 후 갑자기 손등이 가렵다고 긁적이더니 물티슈를 가져오라자

당황한 종업원은 걸레질하듯
그의 손등에 그려진 그림을 쓰윽쓰윽 말끔히 지웠다
아마도 아이라이너가 녀석의 피부를 자극해
알레르기 반응을 일으켰으리라

그럼에도 Y는 아무런 일 없던 것처럼 맥주 몇 병을 더 주문했다
과연 다른 손님이라면 이런 상황을 태연하게 즐길 수 있었을까
먹는 것 입는 것 몸에 바르는 것은 아끼지 말라고 당부한 뒤

레드 바를 빠져나와 다음에 또 보자며 허허 웃고 헤어졌다

구인사

탱글탱글 잘 익은 청포도 한 상자를 차에 싣고
구인사에 도착했다
법당 한 구석에 앉아 내 마음을 들여다 보기 위해
가부좌를 틀고 눈을 감았다

잠시 후 청정한 흔들림 같은 것이 귀에 울려 퍼지고
이내 고요함이 느껴졌다
그 순간 알 수 없는 어떤 힘에 의해
마음이 정화되는 듯했다

명상을 마치고 법당을 나서니 처마 밑 테이블에
주지 스님이 어딘가를 응시하며 앉아 계셨다
갈증을 달래기 위해 샘물을 마신 뒤
스님께 합장을 하며 인사를 했다

그러다 3층 석탑 기단석을 바라보며
삶은 여전히 어렵다는 생각에
마음에 낀 더러운 때를 때수건으로 벅벅 밀어
매끈한 유리구슬처럼 만들겠다고 다짐했지만

그 날이 언제쯤일까 궁금해 탑에게 물었지만
짐작하기도 어렵다고 3층석탑은 내게 말했던 것 같다

춘천 명동 닭갈비

각종 야채와 시뻘건 양념이 마구 몸부림치며 뒤섞인
여러 조각으로 나뉜 닭 다리와 가슴살 등이
둥근 철판 위에서 지글지글 익어간다

빨간색 앞치마를 두른 종업원이
넓적한 스테인리스 주걱으로
마법을 부리듯 이리저리 뒤집는다

양배추는 서서히 숨이 죽어가고
가래떡은 어느새 고구마와 함께 매콤하게 익었다
잠시 후 양념 냄새 코를 찌르며
적당히 간이 밴 닭 요리가 되었고

닭갈비를 우적우적 씹어 삼키기 위해
무 쌈에 싸 한입 목구멍으로 넘기는 순간
어린 시절 엄마 아빠 손을 잡고
자주 들렀던 닭갈비 골목이 떠올랐다

객지에서 고향음식을 먹다 보면 슬며시 향수에 젖어
어머니에게 전화해 안부인사를 여쭙기도 한다

친구 녀석 몇 명에게도 넋두리를 늘어 놓았었다
춘천 명동 닭갈비는 추억이 어린 귀한 음식이라고
한번 더 나도 모르게 말했던 것 같다

관심

30분이 지나자 삐리릭 알람 시계가 울렸다
하지만 아이는 Roblox 게임을 멈출 기미가 보이지 않았다

그때부터 부모의 감정선은 칼날처럼 날이 섰고
은색 손잡이에 시선을 고정 주시하고 있다

10분이 흘렀지만 여전히 방 안은 스피커를 통해
우당탕탕 총성이 방을 흔들었고

엄마는 약속을 지키지 않는 아이가 서운했지만
그저 입을 꾹 다물었다

아들과의 약속은 처음부터 너무 큰 바람이었던 걸까

팔짱을 끼고 거실을 맴돌다
아이에 대한 관심이라는
두 글자를 다시 한 번 더 천천히 마음에 새겼다

치유

왼쪽 어깨와 목이 뻣뻣해 인체 교정원을 찾았다
곱슬머리 치료사는 목 뒤
옥침혈을 엄지손가락으로 꾸욱 꾸욱 눌렀다

순간 나도 모르게 비명을 터뜨렸고
이 통증은 어디 숨어 있다가 단번에 튀어 나온 것일까

치료사는 오른쪽 어깨와 왼쪽 어깨의 불균형이
통증의 원인이라고 차분하게 설명해 주었다

오른쪽 목을 누를 때마다 전기가 스치는 듯
통증이 온몸에 느껴졌고

그 고통 속에는 내 몸을 방치한 세월과
아둔함이 함께 배어 있었다

이제부터라도 몸과 마음을 다스려
아픔이 맑은 숨결로 치유되길 바라는 마음으로

다음날부터 맨발로 숲길을 걷기 시작했다

마음 스위치

어두운 밤 옥상에서 벽 난간에 의지해
아래층으로 발걸음을 내딛기 두려웠지만
한 층씩 내려가다 보니 출입문 사이
가느다란 빛이 앞길을 밝혀주었다

순간 희망이라는 것을 찾을 수 없었던 때라
마음을 밝히는 등이 있었더라도
심한 무력감으로 인해 스스로 켜지도 못했을 것이다

이번에는 좁고 어두운 계단을 통해
8층 옥상에 과감하게 올라갔다
그러자 사방에서 켜진 LED 빛이 온몸을 비췄다

앞으로 나갈 수 있는 새로운 목표를 찾은 듯
강한 의지로 내 안을 밝힐 수 있는 스위치를
언제든 원하는 시간에 환하게 켜기로 했다

3

존재 이유

잎 위에 새하얀 서리가 내린 걸까
아니면 하얀 천일염을 뿌린 건지
안경을 벗고 잎사귀를 들고 살펴보니 들깨꽃이었다

우수수 내려 앉은 꽃잎들을 응시하고 있자니
삶에 실패한 대다수 사람들 고통이 느껴졌고
힘없이 떨어져 버르적거리던 꽃잎들은
주변 다른 꽃들을 부러운 눈길로 바라보는 듯 했다

여전히 생기가 넘치는 꽃들 주변엔
꿀벌들이 춤을 추듯이 바쁘게 날아들고 있었다
이곳도 강자만이 세상을 지배하는 사회와 다를 게 없는 걸까

바람에 흔들리는 작은 들깨꽃 위에 앉아 꿀을 빠는 모습이
무언가를 강탈하는 포식자처럼 보였지만
살아남기 위해 애쓰는 꿀벌의 열정적인 모습에서

자연의 섭리에 무슨 말이 필요할까 그저 받아들일 수 밖에

무릉도원도

화집에서 내 눈을 강하게 사로잡은 건
멧부리가 우뚝 솟은 채
절벽에 둘러싸여 닿을 수 없는 이상향이었다

봄날 무수한 복숭아꽃이 핀 험한 산을 오를 수 없어
고개를 들어서 그저 올려다 볼 수 밖에 없었던
그 시절 수많은 사람들 심정은 어땠을까

전시실 왼쪽에서 오른쪽으로 시선을 옮기면서
호흡이 빠르게 느껴지는 그림 속으로
아주 깊숙이 걸어 들어가고 싶었다

그러다 어느 날 꿈속 복숭아꽃 만개한 도원에서
일상을 잊고 신선들과 바둑을 두었다

절벽과 절벽 사이 아스라한 경계선에서
무춤한 눈길로 본 풍광은
오래 전 안평대군이 보았던 꿈속으로

누군가 나를 이끌어 보게 된 무릉도원이었다

혁신

외부에서 감사를 나온 회계법인 직원들은
많은 자료들을 사측에 요구한다

'그대로 멈춰라'는 말처럼 직원들은 다른 업무를 중지하고
그동안 작성한 장부를 건네고
회계사가 요구한 자료작성을 위해 각 부서는 애쓴다

꼼꼼하게 검토된 자료는 감사를 나온 분들에게 제출되고
커피를 마시고 혹은 담배를 피우기 위해
직원들은 잠깐의 휴식시간을 갖기도 한다

회계감사는 조직을 재정립
새로움을 이룰 수 있는 계기가 될 수 있기에

이익을 창출해야만 존립이 가능한 기업체는
업무에 대한 혁신을 이뤄나가야만 생존할 수 있다
그런 이유로 감사 의견은 적극적으로 받아들이기로 했다

회우

무엇이 그리 바빴던 걸까
통화 중이던 지인과 오랜만에 만났다
자리에 앉자마자 자신의 휴대전화를 건네며
누군가와 대화를 하라고 했다

그는 예전에 홍천 집으로 아이들 선물이라며
외국동화책을 보내주었던 퀴즈키즈 대표였다
둘이 서로 잘 아는 사이라는 사실에
세상 참 좁다는 생각을 했다

지난 몇 년 동안 있었던 이야기를 듣느라
시간 가는 줄 몰랐다
기린의 눈망울을 닮은 그녀가 서점에서 사준
몇 권의 철학책을 받아 들고

다음에 다시 보자고 가볍게 인사를 나눈 뒤
인파로 붐비는 거리를 걷다 보니
그녀로 인해 눈앞에 환한 등이 켜진 것처럼
우울한 마음들이 사라진 것 같았다

충고

나도 30대까지는 다른 사람 일에 참견도 했고 관심도 많았지만
"내 일에 참견하지마." "넌 도움이 되지 않아" 등

부정적인 반응에 더 이상 남의 일에 관여하지 않았다

여전히 타인의 일에 깊이 개입, 충고하려는 사람들이 많은 것 같다
그들에게 앞으로는 신경 쓰지 말고

자신의 부족함을 채우는데 시간을 더 할애하라고 말하고 싶다

삶은 짧은 가을밤에 울어대는 귀뚜라미 울음소리를 닮은 걸까
오늘은 평소 믿고 의지했던

그가 평소와는 다른 행동을 보여 속이 매우 시끄러웠던 끼닭에
잠이 오지 않아 달빛 아래에서 앞마당을 서성거렸다

스마트폰

배고픈 아이처럼 신형 스마트폰은
기존 휴대전화에 저장된 데이터를
검정케이블을 통해 게걸스럽게 먹어 치운다
누가 뺏어 먹는 것도 아닌데
모든 기록들을 꾸역꾸역 집어삼킨 뒤
꺼어억 트림까지 하는 듯하다

대리점 여직원은 데이터를 삭제한 중고기기 보상가격을
조금이라도 더 받아주기 위해 헝겊으로 반질반질하게 닦아
손전화기 보상가격 책정용 로봇상자에 집어 넣었다

그 순간 내 마음이 왜 그렇게도 싱숭생숭 했던 걸까
잠시 후 로봇상자에서 딩동딩동하고 벨이 울리자
Led 화면에 38만 5천원이 표시된다

생각보다 보상가격이 잘 나온 건지
직원은 고객인 나보다 더 신이나
유심칩을 새로운 전화기에 집어넣고 개통을 마무리 했다
허리를 숙여 고마움을 표현하는
여직원에게 감사하다고 인사를 했다

폭염 유감

자동차 LED 계기판 온도계는
섭씨 36도를 가리키고 있다
1분 후 37도까지 빠르게 올라갔다
하지만 마음을 읽어주는 온도계는 존재하지 않는다

강렬한 열기를 숫자로 나타내는 온도계야
우리를 둘러싸고 있는 주변 에너지를 측정해 봐라

올여름 푸른색 줄무늬 와이셔츠가
겨드랑이 땀냄새로 찌들지
무더위에 역겨움을 더해
냄새가 코를 틀어막을 정도로 진하게 풍길지는
시각도 청각도 아닌 후각으로 느끼게 될 것이다

하지만 미친 듯이 더위가 널뛰더라도
마음속 고요함을 흔들지는 못할 것이다
그것은 오롯이 내 몫인 까닭에

승진시험

회의실 구석에서 볼펜을 잡은 손끝엔 긴장감이 보인다
모의시험을 치르며 쌓여가는 답안지
다양한 선배들에게 멘토링을 받았던 목소리 귓가에 맴돈다

쉴 틈도 없이 시험에 집중하지만
가슴속엔 승진을 향한 불안과 기대가 교차한다
예기치 못한 어려운 상황에도
여유롭게 문제를 해결할 수 있는 수험생이 되어보기로 한다

업무와 시험을 동시에 준비하는 자들과
그렇지 않은 사람들 결과는 극명히 나눠질 것이다
삶을 살아가면서 주어진 기회를 잡는 행위는
수면 위 찌가 살짝 떨릴 때 물고기를 낚아채는 것과 같다

손끝에 굳은살이 박일 정도로 준비한 뒤
평가자 앞에서 당당하게 현재 상황을 설명한다면
오랜 기간 시험을 준비했던 시간은
성과가 돼 나타날 것이라고 확신했다

폭우

발걸음을 내디뎠더니
빗방울이 자꾸만 바짓가랑이를 적셨다
비에 젖은 갈색구두도 어디로 가야 할지

방향을 찾지 못한 채 길을 잃은 듯했다
우산을 꽉 쥔 채
축지법이라도 할 것처럼 걸음을 재촉했다

버스를 기다리는 사람들 표정은 어두워 보였고
교통사고 현장을 통제하는
경찰관들도 매우 고생스러워 보였다

사무실 컴퓨터 앞에 앉아 차들이 여기저기 도로에 뒤엉켜
어쩌지 못하는 상황을 지켜보면서

큰 재난이 발생하기 전 예방을 위한 준비를 해야겠다

일요 근무

일요일 오후에 밀린 업무를 처리하기 위해
저녁 식사를 함께 하자고 했다
추적추적 비가 오는 날이라
뜨끈한 뼈다귀 해장국으로 의견이 모아졌다

점심식사를 걸렀던 까닭에 모두 시장했던 건지
쌀밥에 새빨간 깍두기를 우걱우걱 씹어 삼켰다
돼지 등뼈에 촘촘히 박힌
살코기를 발라 먹느라 잠시 말이 없었고

국물에 밥 말아 숟가락으로 푹 떠서 먹다 보니
휴일 근무로 인한 피곤함도 잊은 듯 했고
시원한 소주 몇 잔을 넘기고 싶었지만
남은 일을 마무리하기 위해 사무실로 복귀했다

커피 한잔으로 식곤증을 이겨내고
타닥타닥 자판기를 두드렸다
저녁 9시쯤 책상 위 서류를 정리한 뒤
가로등 불빛이 환한 길 위에서 집을 향해 빠르게 걸었다

부산 여행

부산을 향해 출발한 KTX 고속열차
전 좌석은 승객들로 만석이다
열차가 출발하자 이어폰을 끼고 눈을 감은 채

쇼팽의 야상곡을 듣기 시작했다

서정적인 피아노 연주로 인해 바쁘게 지냈던
시간들을 잠시 잊을 수 있었고
부산에 거주 중인 지인들에게

해운대시장에서 저녁에 만나자고 문자 메시지를 보냈다

약속장소에 먼저 도착해
꼼장어 양념구이를 주문하고 기다렸다
잠시 후 친구들을 반갑게 만나
맛있는 음식을 즐기며 서로의 근황을 물었다

구수한 부산 사투리 시끌시끌 가득 메운 자리에서
그들로부터 변치 않는 우정을 확인한 시간이었다

식사 후 숙소에 들어와
해운대 야경사진을 찍어 아내에게 보냈고
다음달 자갈치시장에서
아이들이 좋아하는 부산어묵을 포장해 상경했다

출근

시속 30km로 새벽도로를 천천히 달리다
내 눈에 들어온 것은 녹이 슨 자전거 옆에서
작은 부리로 어린이보호구역 표지판을 가리키는 까치다

도로구역 내 신호규칙에 따라 천천히 움직이려 했지만
승용차 속도는 60km를 넘어서고 있다
단속카메라를 의식하여 브레이크를 밟는
오른발과 달리 마음 브레이크는
무엇이 바쁜지 제대로 작동하지 않는다

가벼운 바람과 함께 초록 잔디 위를 총총거리며 걷는
까치는 운전자인 내게 인사하는 것 같지만
8시 45분에 맞춰진 출근을 위해 도로를 쌩하고 지나간다

한적한 오전 시간 지방도시를 통과하면서
까치와 눈인사조차 나누지 못하고 회사를 향해 달려간다

삶은 시지프스 신화와 빼 닮은 것 같다

참샘 약수터

첫마을 6단지에서 인도를 따라 3분 13초를 걸어가
좌회전하여 59초를 더 걸어가면
좌측에 8차선 도로를 가로질러 생태육교 입구 근처
방부목 계단 앞에서 잠깐 고민했다

계속 오를지 말지를 갈등하다 천천히 올랐다
19시 27분 육교 밑으로 승용차 13대
배달오토바이 7대 택배트럭 5대가 반대편 공지에 도착했다

금강에 설치된 세종보 방향으로 가야 할지
아니면 승용차 11대 배달오토바이 8대 택배트럭 5대가
지나가는 것을 내려다보며 되돌아가야 할지 생각했다

친구로부터 자연산 민물장어 요리가
나를 기다린다는 문자메시지를 받자 바로
전기자전거에 올라타 빠르게 산책로에 도착했다
좌측방향을 가리키는 표지판 화살표를 본 뒤
비단잉어 친구를 만나러 갈지 망설이다
19시 45분 방향을 정해 내려갔다

그러다 내가 도착한 곳은 투명한 페트병이 가득 찬
손수레를 끌고와 누군가 긴 시간 전화통화 하는 사내와
츄리닝 복장으로 스트레칭 하는 여자들과
야외의자에 앉아 흘러간 노래를 듣는 사람들로 즐비한 참샘약수터

벤치 한구석에서 눈감고 15분간 새소리와 강물소리를 듣다 보니
차례가 되어 달콤하면서도 시원한 약수를 벌컥벌컥 마시게 됐고
세상 때에 더럽혀진 마음을 약수로 씻어낸 기분이었다

濯足(탁족)

초대 가수가 열정적인 노래를 끝내자
휴식시간 그늘막 텐트에서
여인이 서빙한 두부김치와 파전과 함께
막걸리 몇 잔을 마신다

야외 공연 후 아내와 약속을 지키기 위해
김대리와 안과장은 집으로 돌아가고
다른 이들은 계곡물에 발을 담근 채

감자와 부추가 곁들여진 삶은 토종닭을 뜯는다
남은 동료들은 다음 달 다시 만나
생일날 조촐한 파티를 기약했고

다른 벗을 만나러 가는 발걸음은
흥에 겨워 가벼워 보인다
노루가 날렵하게 몸을 움직이는 것처럼

불편한 하루

서울역 출구를 빠져 나와 14시 예정된 회의를 위해
종근당 빌딩을 향해 한 계단 두 계단 세 계단 내려가다
참새 한 마리가 휠체어 전용 경사로를 따라
힘겹게 계단 위에서 종종거리는 모습이 보였다

뜨거운 태양 빛 아래 내 발걸음도 무거운데
가파른 계단을 오르는 모습에 눈을 떼지 못한 채
보도 한구석에서 고개를 돌려 바라보니
새는 여전히 앞으로 나가지 못하고 제자리걸음이다

그때 웬 사내가 인도에 버려진 투명비닐을 밟는 순간
미끄러져 균형을 잃었고 넘어질 것 같은 위태한 모습에
가슴이 철렁 내려앉은 것 같았다

평소 5분이면 도보로 도착하던 길이
오늘따라 예기치 않은 일로 지연되었고
협력사로 가는 과정이 매우 불편하게 느껴진 하루였다

페허에서

손등으로 눈을 가리니 햇빛으로 인한
눈 시림이 이내 없어졌고
이마 위에 뜬 태양도 사라졌다

내가 의도한 것은 결코
그런 건 아니었지만 결국 모두 소멸된 걸까

그러다 밤 하늘에 뜬 둥근 달 속
토끼 두 마리를 상상했다
덩덩쿵덕 꿍 달 속 토끼는
허기진 달빛으로 무엇을 번갈아 찧고 있는 걸까

한 무더기 적란운이 다가와 보름달을 삼키니
빛은 찢어진 비단조각처럼 흩어졌다
급작스럽게 전원이 꺼져버린 영화관처럼
어둠만이 내 앞에 펼쳐졌다

불현듯 동네 친구들과 외쳤던
동요 한 자락이 귀에 들려왔다
" 꼭꼭 숨어라. 머리카락 보일라."

그땐 아이들 웃음 속에서 숨었지만
오늘은 친구 없는 어둠 속에서 마음 둘 곳이 없었다

자동세차장

10분 남짓 기다렸을까
세차장 빨간 문이 스르륵 열렸다
빈 공간에 들어서자 제빙기에서 아득 아드득
내리 쏟아져 꽂히는 얼음처럼 세차게 물을 들이부었다

사방에서 강한 물줄기가 차 안에 나를 가두어
그 자리에 굳어버린 채 앉아 있었다
로봇 팔이 자동차를 구석구석 휘저으며
휘핑크림 같은 거품을 마구 뿌렸다

어둠에 갇히자 장에 간 엄마를 기다리던
어린 시절 방구석 밀려들던 적막함이 떠올랐다
물 분사 로봇이 순식간에 대걸레질과 함께 지나가자
흐릿했던 세상은 이내 환하게 드러났고

차갑게 느껴졌던 금속성 첨단기계들 움직임은
세차장 아주머니 손길이 닿자 온기를 되찾았다

그러다 온몸으로 환한 빛을 느꼈고
느긋한 여유랄까 안온함이 몰려들었다
육박전에서 다수의 적군을 물리치고 승리한 전사처럼

불편한 흔적

쓰레기통은 비워도 인간의 체취가 배어
소비 흔적이 축축한 걸레처럼 끝없이 쌓인다
한번 사용한 뒤 휙 버려지는 물건들은
어디론가 연기처럼 사라지는 것 같다

냉기를 느끼게 해주는 편의점 냉장고 속
진열된 빨간색과 파란색
캔에 담긴 검은색 음료들
여러 종류 커피 로고가 새겨진 종이컵들
그것들은 순간의 즐거움만을 남긴 채
이내 쓰레기통에 던져진다

그러다 청소부 아저씨가 종류별로 분류한
쓰레기들을 하나씩 집어
종량제봉투에 담는 모습을 보며
죽는 날까지 인간은 이런 행위를
반복해야만 한다는 생각에 머리가 복잡했다

갑작스런 아랫배 통증에 급하게 달려간 1층 화장실에서
"휴지는 휴지통에 버려주세요."라는 문구를 바라보며
삶은 다이어트가 필요하다는 생각이 들었다

우리는 어디로 가야 할 것인지 방향을 상실한 채
얼마나 많은 것을 소비하며
끝날 것 같지 않은 생을 이어가야만 하는 걸까
그러다 의기소침했던 가슴을 펴고
다시 길을 되찾아 가야만 할 것 같다
새로운 세계를 향해

아내

뭉게구름 한 덩어리를 응시하다
갑자기 그것들에게 의문이 생겼다

어디로 무엇을 위해
이동하는 것인지 모르겠지만
주변에서 떨어져 나간 느낌이랄까

까닭 모를 상실감을 지우려 애쓰다
현관 비밀번호를 가볍게 눌렀더니
문은 활짝 열려서 반갑게 맞아준다

내가 쉴 수 있는 유일한 장소는
사랑하는 아내와 아이들이 기다리는
지상에서 단 한 곳뿐인 것을
다시 또 가슴속 깊이 절감하며
잠시라도 잊지 않을 것이다

가족

젊은 엄마의 표정에 근심이 가득했다
매일 둥근 봉을 등에 대고
15분간 몸을 쫘악 펴기로 약속했다

열세 살 아들은 15분 동안
마네킹처럼 누워만 있는 것이 지루했던 건지
핸드폰을 만지작거리며 산만했던 까닭에
엄마는 결국 화를 터트리고 말았다

소년은 우울한 표정으로 몸을 움츠렸고
그녀는 아들 어깨가 더 쳐질까 봐
근심 걱정으로 인해 한숨만 내뱉었다
냉랭한 분위기를 바꾸기 위해서일까 눈치가 빠른
여동생이 봉 위에 누워 재롱을 부렸고

네 식구는 번갈아 가며
신나게 몸 펴기 운동을 한 후 피자를 주문했다
그러다 엄마는 아들을 살며시 보듬어 안고서
등을 토닥거리며 기태야 화내서 미안하다고 말했다

4

한영 번역 – 김유정

Red Bar (레드 바)

With an eyeliner bought on Temu,
the barmaid doodled smiley faces and jagged alligator teeth
across the back of my friend's right hand.
He didn't mind at all.

Three whiskeys in, he finally looked down
at the mess of lines, smiling,
as if pleased with the artwork.

His face, glowing with quiet delight,
reminded me of how he once dreamed of becoming a painter.

Ten minutes later, he started scratching,
muttering for wet wipes.

Flustered, the barmaid scrubbed his skin clean,
wiping away the playful strokes with a hurried sweep.

Perhaps the eyeliner had irritated his skin,
cheap cosmetics setting off an allergy itch.
Yet, Y simply ordered more beer
as if nothing had happened.

Would any other customers brush it off so easily?
You shouldn't skimp on what you put on your skin,

just as you shouldn't on what you eat or wear.

He told her as much before we stumbled out,
drunk and lighthearted,
laughing, promising to meet again,
before vanishing into the night.

Uncomfortable Traces (불편한 흔적)

Even when emptied, trash bins still hold the scent of people.
Traces of consumption pile up endlessly,
like a cloth left damp and heavy.

Things, used once then tossed away,
vanish like smoke, drifting somewhere unseen.

Black drinks in red and blue cans
and paper cups stamped with coffee shop logos,
lined up inside the cool glow of a convenience store fridge.

Fleeting pleasures, discarded without a second thought.

I watch a janitor pick through the trash,
sorting each piece before sealing it inside a plastic bag,
and the thought weighs on me—
humans will go on doing this,
again and again,
until the day they die.

A sudden pang grips my stomach.
I rush to the restroom on the first floor,
where a sign reminds me:
"Please throw your tissue into the bin."

And just like that, it occurs to me—
life, too, needs a diet.

Directionless, I wonder
how much more I will consume,
how much more will be wasted,
before this endless life runs its course.

But then, I straighten my shoulders
and take another step forward,
toward a new world.

In the Ruins (폐허에서)

I shield my eyes with the back of my hand—
the dazzling brightness disappears,
taking the sun above my forehead with it.

I never meant for this to happen,
but has everything truly vanished?

Then, I imagine two rabbits beneath the full moon's glow.
Thump, thump, thump.
What are they pounding, one after another,
driven by the hunger of moonlight?

A cluster of cumulus clouds drifts in,
swallowing the moon whole.
Light scatters like tattered silk,
and in an instant, the world darkens
as if the film reel has snapped mid—scene.

Somewhere in the void,
a tune hums from an old childhood song:
Hide tight, so your hair won't be seen.

Back then, I hid, laughing.
But now, in this darkness
where not a single friend remains,
I do not know where to place my heart.

Auto Car Wash (자동세차장)

Had it been ten minutes?

I waited until at last,

the red doors of the automated car wash slid open.

As I pulled into the empty space,

water crashed down, fierce and sudden,

like ice tumbling from an ice maker.

Jets of water struck from every direction,

locking me inside the car.

I sat still, unmoving, as robot arms swept over the metal,

coating it in foam, thick as whipped cream.

Enclosed in darkness,

I remembered the hush of childhood,

the quiet pressing in

as I waited in a corner of my room

for my mother to return from the market.

Then, in an instant,

the water—spraying arms swept past with their mopping strokes,

and the world, once blurred,

was suddenly clear again.

The sleek metallic machine grew warm
at the touch of the car wash lady's hands.

And then, light poured in,
bright, overwhelming,
filling me with ease,
with comfort,
like the triumph of a warrior
who has defeated his countless enemies
in the crush of battle.

Mind Switch (마음 스위치)

Leaning against the rooftop railing,
I hesitated, afraid to take the first step down.

But as I descended, stair by stair,
a sliver of light seeped through the exit door,
illuminating my path.

In that moment, memories surfaced—
times when hope felt unreachable.

Even if a light had been there to guide me,
back then, weighed down by helplessness,
I wouldn't have turned it on myself.

This time, with steady resolve,
I climbed back up,
eight flights through the narrow, unlit stairwell.

And at the top, LED lights from every direction
bathed me in brightness.

It felt as if I had found a new purpose,
a reason to move forward.

I could have taken the elevator,

but I chose to carve my own path,
to build my foundation step by step.

And now, I will always keep a switch within me,
ready to cast light whenever I need it.

5

한힌두어 번역 – 스닉다 굽타

रेड बार
레드 바

बार में काम करने वाली लड़की ने टेमू से खरीदे चार रंगों वाले आईलाइनर से

मेरे दोस्त के दाएँ हाथ के पीछे हँसता हुआ चेहरा और आड़ी-तिरछी दाँतों वाला

मगरमच्छ बनाया,

पर उसे कोई फर्क़ न पड़ा।

तीन व्हिस्की के पैग पीने के बाद शायद उसे वह चित्र भा गया,

उसने मुस्कुराते हुए लड़की की तरफ संतोष भरी नज़र से देखा।

उसका संतुष्ट चेहरा देख, मुझे याद आया कि बचपन में वह चित्रकार बनने की बात

करता था।

लेकिन दस मिनिट बाद अचानक उसका हाथ खुजलाने लगा,

उसने बेचैनी से कहा, "टिशू लाकर दो!"

घबराई हुई वह लड़की पोंछा लगाने की तरह

उसके हाथ पर बने ड्राइंग को फौरन मिटा गई।

शायद सस्ते आईलाइनर से उसकी त्वचा में एलर्जी हो गई थी,

फिर भी Y ने ऐसा जताया जैसे कुछ हुआ ही न हो, और आराम से कुछ और बीयर

मँगवा ली।

सोचता हूँ, क्या दूसरे ग्राहक इस स्थिति का उतनी ही सहजता से आनंद ले सकते थे?

आखिर त्वचा पर सीधे लगाने वाले सौंदर्य उत्पाद तो कभी भी सस्ते नहीं होने

चाहिए।

खाने, पहनने और शरीर पर लगाने वाली चीज़ों पर कभी कंजूसी मत करना,

मैंने जाते-जाते बार में लड़की को सलाह दी,

फिर नशे में झूमते हुए अपने दोस्त के साथ "फिर मिलेंगे" कहकर हँसते हुए रेड बार से

बाहर निकल आया।

असहज निशान
불편한 흔적

कचरे का डब्बा भले खाली हो,

पर उसमें इंसान की गंध बाकी रह जाती है।

खपत के निशान गीले पोछे की तरह,

लगातार, निरंतर बढ़ते ही चले जाते है।

एक बार इस्तेमाल कर फेंकी गई चीज़ें

कही धुएँ की तरह गायब होती लगती है।

ठंडी हवा फेंकते स्टोर के फ्रिज में

सजी लाल-नीली कैनों में बंद काले ड्रिंक,

अलग-अलग कॉफ़ी के लोगो से सजे

ढेरों कागज़ी कप—

सब चीज़ें बस क्षण भर का आनंद देकर

कचरे की टोकरी में फेंक दी जाती है।

फिर आता है सफ़ाईवाला आदमी,

अलग-अलग कचरे को समेटकर

डालता जाता है बड़े प्लास्टिक थैलों में।

उसे देखते हुए मन बेचैन-सा सोचता है—

मरते दम तक क्या इंसान

यही सब दोहराता जाएगा?

अचानक पेट में दर्द उठा,

भागा पहली मंजिल के टॉयलेट की ओर।

लिखा था वहाँ—

"कृपया टिशू कूड़ेदान में डालें।"

यह पढ़कर लगा—

ज़िंदगी को भी शायद

डायटिंग की ज़रूरत है।

मै भी तो भटक रहा हूँ—

कहाँ जाना है पता नहीं,

आख़िर कितना कुछ खपत करके

यह अंतहीन ज़िंदगी बितानी पड़ेगी?

फिर भी मन के बोझ को हटाकर

फिर से रास्ता तलाशना होगा।

एक नई दुनिया की ओर।

खंडहर में
폐허에서

हथेली से आँखें ढकीं, तो धूप की चुभन भी मिटि गई,

माथे पर जलता सूरज भी कहीं ग़ायब हो गया।

इरादा मेरा यह तो न था,

पर क्या सचमुच सब कुछ मिटि गया?

तभी सोचा, रात के चाँद में बैठे दो ख़रगोशों का,

जो धक-धक, टक-टक, भूखे चाँदनी में कुछ कूट रहे थे।

फिर उमड़े बादल, निगल गए पूनम का चाँद,

और उसकी रोशनी रेशम की डोरी-सी बिखर गई।

जैसे अचानक बंद हुआ कोई सिनेमा हॉल,

मेरे आगे बस गहरा अंधेरा बचा था।

अचानक कानों में गूँज पड़ी बचपन की वो तुकबंदी—

"छुपो, छुपो जल्दी, बाल दिखि न जाए कहीं!"

तब हँसी-खुशी से छुपते थे,

आज अंधेरे में, अकेले, कहीं ठिकाना न मिला।

ऑटोमैटिक कार वॉश
자동세차장

करीब दस मिनट तक इंतज़ार कयिा,

फिर अचानक लाल दरवाज़ा सरककर खुल गया।

खाली जगह में गाड़ी घुसी ही थी कि

बर्फ़ के टुकड़ों की तरह पानी बरसने लगा,

तेज़, ठंडा, और बेचैन कर देने वाला।

हर तरफ़ से झरनों की धारें बरसने लगी,

मुझे कार के भीतर ही क़ैद कर दयिा,

और मैं बस जड़ होकर बैठा रहा।

मशीन के लंबे हाथ गाड़ी पर घूमते रहे,

व्हिप क्रीम जैसे झाग बेतहाशा गिराते हुए।

इस अंधेरे में घिरते ही

मुझे बचपन की वो शाम याद आई,

जब माँ बाज़ार गई थी,

और मैं अपने कमरे के कोने में,

सन्नाटे के बीच खोया था।

पानी के दबाव से खेलते रोबोट ने

झटपट एक बड़ा कपड़ा फेर दयिा,

और धुंधली दुनिया

फिर से उजली हो गई।

ये ठंडी, रोबोटकि मशीनें,

जो अभी तक बेजान लग रही थीं,

कार वॉश आंटी जी के हाथ लगते ही

फिर से गरम हो गईं।

फिर अचानक, मैं रोशनी में डूब गया,

एक मीठी-सी राहत महसूस हुई,

जैसे कोई योद्धा

जंग के बाद जीत की शांति में आ गया हो।

मन की स्वचि
마음 스위치

अंधेरी रात मे छत पर दीवार के रेलिंग पर सहारा लेकर,

नीचे की मंजलि पर कदम रखने से बहुत डर लग रहा था।

लेकनि एक-एक मंजलि नीचे जाते हुए,

दरवाजे के बीच एक रौशनी की करिण ने मेरे कदमों को रोशन कयिा।

चमकते हुए एक पल में उम्मीद का जो एहसास मै कभी नहीं पा सका,

वो अतीत की यादों में उभरा।

अगर उस समय मेरे पास मन को रोशन करने वाली कोई दीप होती,

तो शायद मै खुद उस दीप को जलाने में सक्षम नहीं होता,

क्योंकिउस वक़्त मुझे बहुत ही कमजोरी महसूस हो रही थी।

इस बार, संकीर्ण और अंधेरे सीढ़ियों के रास्ते से,

मजबूत इरादे के साथ 8वी मंजलि की छत पर हम्मित से चढ़ा।

फरि चारों ओर जलते हुए एलईडी लाइट्स ने मेरे पूरे शरीर को रोशन कयिा।

ऐसा महसूस हुआ जैसे मै अपने लिए एक नया लक्ष्य पा चुका हूँ,

जसिे लफ्टि से तेजी से चढ़ सकता था,

लेकनि मैंने सोचा, कड़ी मेहनत और ठोस नीव से अपना रास्ता खुद बनाऊँगा।

अब, मै जब चाहूँ, अपने अंदर वह स्वचि जला सकता हूँ

जो मेरे दलि को रोशन करेगा।

상처를 품고 함께 살아가는 길
– 박철희 시의 불교적 상생과 현실의 윤리

고정욱(문학박사, 소설가)

박철희의 시를 읽다 보면 먼저 느껴지는 것은 격렬한 주장이나 수사의 번뜩임이 아니다. 오래 바라보는 마음, 쉽게 단정하지 않는 태도, 그리고 상처를 미움으로 돌리지 않으려는 내면의 강인함이다. 그의 시는 세상을 향해 저돌적으로 돌진하기보다, 한 걸음 물러서서 삶의 결을 오래 쓰다듬는다. 그러나 그 물러섬은 회피나 모면이 아니다. 오히려 삶의 고통을 더 깊이 받아들이기 위한 물러섬이며, 타자와 세계를 더 넓게 끌어안기 위한 내면의 수행이라 부르고 싶다.

나는 박철희 시의 중심을 불교적 사유가 빚어낸 상생의 세계에서 찾고 싶다. 여기서 불교는 단순한 시적 소재가 아니다. 절, 스님, 탑, 경전이 시 속에 등장한다고 해서 불교적인 것이 아닌 것과 마찬가지다. 박철희의 시에서 불교는 세계를 바라보는 관점이며, 고통을 감당하는 방식이고, 상처를 증오가 아니라 성찰과 연민으로 바꾸는 존재의 문법이다. 그의 시는 삶을 이기거나 정복하려 하지 않는다. 그보다는 삶의 아픔을 인내하면서도 끝내 타자와 함께 살아갈 수 있는 길을 묻는다. 바로 그 점에서 그의 시는 조용하지만 단단하다.

또한 박철희의 시에서 불교는 종교적 장식이 아니라, 상처 입은 자아를 타자와 다시 연결하는 존재의 문법이다. 이 시세계를 이해하기 위해서는 그의 자전적 맥락을 함께 볼 필요가 있다. 그의 책 〈리셋 마이 드림〉에는 방황, 상처, 직장생활의 압박, 자존감의 흔들림, 그리고 그럼에도 다시 자신을 일으켜 세우려는 도전의 흔적이 분명하게 남아 있다. "직장생활에서의 방황", "힘겨웠던 나의 30대", "도전할 것인가 주저앉을 것인가", "자존감 회복의 작은 승리", "글 잘

쓰는 직장인이 되라 " 같은 그의 글 제목들만 보아도, 그의 문학이 삶과 분리된 관념의 산물이 아니라는 것을 알 수 있다.

박철희의 시세계를 조금 더 분명하게 이해하기 위해, 이제 그의 시작들을 세 갈래로 나누어 보고자 한다. 첫째는 수행과 정화의 시학, 둘째는 공동체와 생명에 대한 연민의 시학, 셋째는 현실의 중압을 견디며 다시 꿈으로 나아가는 시학이다. 물론 이 세 갈래는 서로 따로 떨어져 있지 않다. 수행은 연민으로 이어지고, 연민은 현실의 윤리로 구체화되며, 현실의 윤리는 다시 삶을 포기하지 않는 도전정신으로 귀결된다. 그리고 이 모든 흐름을 하나로 묶는 중심에 불교적 상생의 사유가 놓여 있다.

1. 수행과 정화의 시학

박철희 시의 첫 번째 축은 자기 안의 혼탁함을 응시하고 그것을 닦아내려는 마음의 운동이다. 이때 중요한 것은 그가 깨달음을 성취한 사람처럼 말하지 않는다는 점이다. 그는 이미 해탈하거나 정화된 자의 음성으로 시를 쓰지 않는다. 오히려 아직 맑아지지 못한 존재, 그러나 끝내 맑아지고지 에쓰는 존재의 지리에서 시를 쓴다. 그 점이 그의 시를 더욱 진실하게 만든다.

탱글탱글 잘 익은 청포도 한 상자를 차에 싣고
구인사에 도착했다
법당 한 구석에 앉아 내 마음을 들여다 보기 위해
가부좌를 틀고 눈을 감았다

잠시 후 청정한 흔들림 같은 것이
귀에 울려 퍼지고 이내 고요함이 느껴졌다
그 순간 알 수 없는 어떤 힘에 의해
마음이 정화되는 듯했다 —(구인사 하략)

「구인사」는 이런 박철희 시의 특성을 가장 선명하게 보여주는 작품이다. 이 시의 핵심은 단순히 고요를 체험했다는 데 있지 않다. 더 중요한 것은 명상 이후의 고백이다. 화자는 "마음에 낀 더러운 때를 때수건으로 벅벅 밀어 매끈한 유리구슬처럼 만들겠다"고 다짐했다. 하지만 쉽지 않다. 언제 이루어질지 알 수 없다. 수행은 완성된 상태가 아니라 끊임없이 되풀이되는 자기 정화의 과정으로 나타난다. 시인은 자기 안에 낀 먼지와 때를 솔직하게 인정하고, 닦여지지 않는 마음 앞에서 조급해하지 않으면서도 정진의 뜻을 거두지 않는다. 바로 여기에 그의 시작들이 보여주는 단정한 깊이가 있다.

이 시를 읽다 보면 한국 불교시의 오랜 전통이 함께 떠오른다. 특히 만해 한용운의 시에서 불교는 단지 교리의 언어가 아니라 결핍을 통해 더 높은 존재의 감각으로 나아가는 길이었다. 박철희에게서도 그런 면모가 보인다. 다만 한용운의 시가 부재와 그리움을 통해 절대의 차원을 열어 보였다면, 박철희의 시는 닦이지 않는 마음 그 자체를 통해 수행의 현재성을 드러낸다. 다시 말해 그는 깨달음의 결과보다 닦아가는 과정의 진실을 더 중시한다.

이러한 수행의식은 「금강경」에서도 다른 방식으로 드러난다. 제목은 경전의 이름을 취하고 있지만, 시가 펼쳐지는 배경은 병원의 대기실이다.

심한 몸살감기로 병원을 찾았던 날
환자들로 인해 어른인지 아이들인지 어려울 만큼

대기실은 웅성거리는 소리로 가득했다

1시간 20분쯤 기다렸을까 5분 정도 진료를 받은 뒤
마스크를 의무적으로 착용했던 시절이었기에

안경에 서린 김 때문에 시야가 가려져 매우 불편했지만

한겨울에 병원을 찾을 일은 그동안 없었던 까닭으로

어렵게 의사에게 처방전을 받아 밖으로 나와
약국에 들러 약사에게 조제약을 받을 수 있었다

그러다 욱신욱신 쑤시는 팔과 다리 어깨를
연신 주무르다 감기를 끊어낼 수 있는

경전을 내 안에 깊이 들이기 위해 금강경을 독송했다 ―(금강경 전문)

이 시에는 육체의 불편과 현대인의 피로가 짙게 배어 있다. 또한 현실의 답답함과 시야의 흐릿함을 마스크를 통해 상징적으로 보여준다. 그런데 이 시가 「금강경」인 까닭은, 고통의 한가운데서도 마음을 놓치지 않으려는 태도 때문이다. 박철희에게 경전은 현실 바깥의 높은 자리에 놓인 말씀이 아니라, 삶의 답답함을 건너갈 때 자기 내면을 붙드는 하나의 질서다. 경전은 그에게 현실 회피의 통로가 아니라 현실 감당의 방식이 된다. 그렇기에 시선은 언제나 겉의 소란을 시나 내면의 진실을 향한다. 그의 시는 화려하기보디 맑다. 그리고 바로 그 맑음이 그의 언어를 오래 남게 한다. 그의 시가 보여주는 수행은 세상을 떠나는 길이 아니라, 세속 한가운데서 마음의 탁함을 알아차리고 다시 닦아내는 길이다.

이 점에서 박철희의 시는 고승들의 선시와도 역시 닿아 있다. 선시는 거대한 교리를 길게 설명하기보다, 아주 짧은 장면 속에서 존재의 중심을 드러낸다. 바람 소리, 물 한 모금, 산문 앞의 침묵 같은 것이 한 편의 선시를 이루듯, 박철희에게도 불교의 구체적 사물이나 관념은 단순한 배경이 아니다. 그것들은 마음을 닦는 순간의 증거이며, 번뇌 속에서도 다시 맑아지려는 존재의 표지다.

2. 공동체와 생명에 대한 연민의 시학

박철희 시의 두 번째 축은 타자와 세계를 향한 연민이다. 그러나
이 연민은 감상적인 동정으로 결코 흐르지 않는다. 그것은 나와 너,
사람과 풍경, 기억과 장소가 서로 떨어져 존재하지 않는다는 감각에서
나온다. 불교의 자비가 연기적 인식 위에 놓여 있듯, 박철희의 연민
역시 관계의 깊이를 아는 데서 비롯된다. 「금강에서」는 이 점을 가장
또렷하게 보여준다.

마을에 몇 채 남지 않은 거우듬한 기와집 뒤
뒷산 울울한 숲 백목련 가지 사이 어딘가

잡풀들이 무성하게 자라나 그늘거리는 모습에
가슴속을 새들이 휘저어 긁은 것처럼 날아간다

금강에서 지역개발로 인해 항상 함께했던
이웃들과 풍광을 다시 볼 수 없다고 생각하니

깊은 슬픔이라고 해야 하나
아님 심중에 울음이 가득 찼다고 할까

강가로 천천히 걸어가 이별을 달랠 수 있는
들꽃들 살랑임과 진한 향기를 가슴에 품어야겠다 −(금강에서 전문)

이 시가 감동을 주는 이유는, 사라지는 대상을 단지 자연풍경으로만
보지 않기 때문이다. 이웃들과 풍광이 한 호흡 안에서 함께 사라진다는
사실은, 풍경이 단지 배경이 아니라 함께 살아온 삶의 공간이었음을
말해준다. 이 시에서 개발은 단순한 변화가 아니라 공존의 리듬을
파괴하는 사건이다. 그렇기 때문에 화자의 슬픔은 개인적 향수에
그치지 않고, 함께 살아온 세계 전체를 애도하는 마음으로 확장된다.

그는 무엇보다 사라져가는 것들에 대한 예의를 아는 시인이다. 그는 잃어버린 것을 거칠게 외치지 않는다. 대신 마지막 향기를 품고, 마지막 떨림을 바라보고, 마지막 정서를 마음 깊이 붙든다. 이것이야말로 불교적 상생의 시선이다. 세계를 소유하려는 것이 아니라, 함께 있었음을 오래 기억하는 태도. 생명과 장소와 시간이 서로 얽혀 있다는 사실을 조용히 받아들이는 태도. 그의 시는 바로 그 태도 속에서 깊어진다. 「동반자」 역시 같은 결을 지닌다.

　　빨간색 헬멧을 쓰고 오토바이에 올라
　　도로를 질주하는 노부부는 급해 보인다

　　전통시장에 들러 추석 명절을 쇠기 위해
　　여러 식재료를 구입하러 가는 길일까
　　아니면 해가 지기 전 못다 한
　　가을걷이 차 서둘러 밭을 향해 가는 건지

　　백미러에서 점점 멀어져만 가는
　　어르신 커플이 눈에 쑤욱 들이왔디
　　빼곡한 승용차들 사이를 빠져나가는
　　그 모습이 아슬아슬하다고 느꼈지만 절묘했다

　　평생을 하루도 떨어지지 않고 함께 살았을
　　부부의 세월이 아름답게 다가왔다 ─(동반자 전문)

이 작품의 힘은 특별한 사건이 없음에도 오래 남는다는 데 있다. 시인은 낯선 노부부를 보면서도 그들을 하나의 풍경으로 소비하지 않는다. 대신 한 인간이 다른 인간과 함께 견뎌온 시간의 무게를 읽어낸다. 그들의 동행 속에서 세월의 아름다움을 발견하는 것이다. 이것은 타인을 외부의 대상으로 보지 않는 눈이며, 삶의 연대성을 감지하는 마음이다.

개인적으로 알고 있는 박철희 시인 가족들의 동반자 의식도 대단한 걸로 알고 있다. 그에게 최근에 작고하신 노모는 철혈여인이었다. 가난이라는 수렁에서 온 가족을 끌어올려 양지바른 언덕에 안착시킨 박철희의 어머니 이야기는 들을 때마다 강력한 감동을 준다.

어디 그뿐인가. 하나뿐인 남편을 가사나 육아로부터 자유롭게 해 자기계발을 통해 오늘날의 시인으로 만든 그의 아내도 감동이라고 하지 않을 수 없다. 같은 직장인의 삶을 살지만 남편의 더 큰 미래를 위해 조력하고 동참하며 이끌고 있다. 듣기로는 박철희 시인의 야심적인 인문학 프로젝트인 홍천인문학교도 아내의 강력한 내조 덕에 유지되는 걸로 알고 있다.

뭉게구름 한 덩어리를 응시하다
갑자기 그것들에게 의문이 생겼다

어디로 무엇을 위해
이동하는 건지 모르겠지만
주변에서 떨어져 나간 느낌이랄까

까닭 모를 상실감을 지우려 애쓰다
현관 비밀번호를 가볍게 눌렀더니
활짝 열려서 반갑게 맞아준다

내가 쉴 수 있는 유일한 장소는
사랑하는 아내와 아이들이 기다리는
지상에서 단 한 곳 뿐인 것을
다시 또 가슴속 깊이 절감하며
잠시라도 잊지 않을 것이다 ─ (아내 전문)

표현론적 관점에서 보면, 이 시는 화자가 바깥세계에서 겪은 상실감과 고독을 아내의 존재를 통해 치유하는 내면의 진실을 드러낸 작품이다. 화자는 뭉게구름을 외돌토리처럼 인식함으로써 자신의 흔들리는 심리를 투영하고, 그 불안한 정서를 더욱 선명하게 부각한다.

그러나 집으로 돌아와 반갑게 맞아주는 공간을 마주하는 순간, 아내는 화자의 정서를 안정시키고 삶을 지탱하는 중심적 존재로 형상화된다. 이때 아내는 단순한 가족 구성원을 넘어, 화자에게 안식과 회복의 의미를 부여하는 상징적 인물로 기능한다. 결국 이 시는 아내에 대한 사랑을 넘어, 존재의 상실을 견디게 하고 삶의 의미를 되찾게 하는 대상에 대한 깊은 감사의 정서를 표현론적으로 보여 준다.

이처럼 박철희가 끝내 지키고자 하는 것은 승리의 세계가 아니라 서로의 존재가 서로를 살리는 상생의 세계다. 이 점에서 그의 시는 만해 한용운과도 다른 결로 이어진다. 한용운의 시가 사랑과 부재의 문제를 민족과 존재의 차원으로 확장했다면, 박철희의 시는 보다 생활적인 자리에서 타자와 세계의 연결을 감지한다. 한용운에게서 불교는 고결한 정신의 불꽃으로 피어오른다면, 박철희에게서 불교는 일상의 감각 속으로 스며드는 따뜻한 윤리와 도의로 나타난다. 이는 거창한 설교보다 더 오래 남는다. 향기, 미소, 동행, 이별의 슬픔 같은 구체적 감각을 통해 독자의 마음에 닿기 때문이다.

3. 현실의 중압을 견디며 다시 꿈으로 나아가는 시학

박철희 시의 세 번째 축은 현실의 무게를 견디는 힘, 그리고 그럼에도 다시 꿈과 비전을 향해 나아가려는 의지다. 이 지점에서 그의 자전적 세계관은 더욱 또렷해진다. 그는 직장인으로 살아온 사람이고, 제도의 세계 속에서 책임과 압박, 좌절과 인내를 겪어온 사람이다. 동시에 그는 그 삶 속에서도 자기 자신을 멈추지 않으려 했고, 계속 배우고, 계속 쓰고, 다시 도전하는 길을 택한 사람이다. 그의 시는 바로 이 이중의 자리, 즉 현실의 중압과 내면의 지향이 만나는 자리에서 태어난다.

그의 자전적 기록에 나오는 "미래에 도전", "늘 준비하고 도전하는 삶", "전문성으로 자신감을 가져라" 같은 문장들은 단순한 자기계발적 표어가 아니다. 그것은 실제로 흔들려 본 사람만이 할 수 있는 다짐이며, 넘어졌던 사람이 다시 일어서기 위해 붙든 정신의 형태다. 그래서 그의 시에서 도전정신은 요란한 성공담으로 나타나지 않는다. 오히려 더 조용하고 내면적이다. 다시 마음을 정비하는 일, 다시 세상을 아름답게 보려는 일, 다시 향기를 품고 하루를 살아내는 일 속에 그 정신이 스며 있다.

발아래 70미터까지 내려가 원지반에 발을 디뎠다
지하도시를 건설하기 위해 구멍을 뚫는
점보드릴의 굉음과 웅장함에 입이 떡 벌어졌으며
쿵쿵 쾅쾅 쪼개진 암반 덩어리들을
굴착기로 트럭에 싣고 쉼없이 운반한다

벽이 무너질지도 모르는 불안감을 누르며
어려운 상황에서도 일에 열중하는 분들이 계셔서
미래 도시인 서부환승센터는 세워지고 있다
현장 감사를 마친 뒤 임시승강기를 타고 올라와
새파란 하늘을 올려다보며 감사함을 느꼈다

안전화를 세척하고 관계자들과 인사를 나눈 뒤
초등학교 친구와 약속시간에 늦지 않으려고
지하철역을 향해 빠르게 걸어갔다
오늘은 그동안 말로만 들었던
건설현장을 체험한 활기찬 하루였다

머지않아 지하세계에 모든 것이 다 갖춰진 신도시로 인해
많은 시간을 이곳에서 사람들은 보내게 될 것이고

서쪽에 건립된 새로운 낙원처럼 받아들이지 않을까 싶다
—(웨스턴 유토피아 전문)

이 시에서 화자는 유토피아를 상징적으로 묘사한다. 유토피아는 허공에 걸린 환상이 아니다. 오히려 더 깊은 곳으로 내려가야만 만날 수 있는 비전이다. 원지반에 발을 디뎌야만 비로소 건설이 가능하다는 인식 속에는, 현실을 외면하지 않는 사람의 태도가 배어 있다. 박철희는 꿈을 말하지만 그 꿈을 관념으로 소비하지 않는다. 그는 가장 낮고 깊은 자리로 내려간 뒤에야 비로소 유토피아를 상상한다. 이것은 매우 성실한 상상력이다. 현실을 건너뛰는 이상주의가 아니라, 현실을 통과한 뒤에야 얻는 희망의 언어다.

「금강경」의 병원 대기실, 「구인사」의 탑 앞에서의 망설임도 같은 맥락에 놓인다. 삶은 여전히 어렵고, 몸은 피로하며, 마음은 쉽게 맑아지지 않는다. 그러나 그는 거기에서 무너지지 않는다. 오히려 그런 순간들을 자기 내면을 다시 바라보는 계기로 바꾸어 놓는다. 이때 박철희의 시는 단지 서정이 아니라 윤리가 된다. 현실의 답답함을 겪고도 냉소로 굳어지지 않는 태도, 상처를 겪고도 타자에 대한 감각을 닫지 않는 태도, 실패를 겪고도 다시 자기 마음을 닦아 보려는 태도. 그것이 그의 시가 주는 가장 큰 힘이다.

조직원의 삶은 흔히 제도와 절차, 보고와 책임의 언어로 설명된다. 그러나 박철희는 그 속에서도 시의 언어를 잃지 않는다. 그는 조직의 내부에서 살아가면서도 인간의 온기를 놓치지 않고, 반복되는 일상 속에서도 자기 안의 꿈을 끝내 꺼뜨리지 않는다. 이것은 쉽지 않은 일이다. 그리고 바로 그렇기 때문에 그의 시는 더 믿을 만하다. 그는 시 속에서만 이상을 말하는 사람이 아니다. 현실을 살아낸 뒤에야 비로소 더 조심스럽고 단단한 희망을 말하는 사람이다.

그래서 박철희의 도전은 경쟁의 언어가 아니라 수행의 언어로 읽혀야 한다. 그는 앞서가려는 사람이기 전에 끝내 무너지지 않으려는 사람이다.

　마침내 우리는 박철희의 시세계는 불교적 사유를 통해 삶의 갈등과 고통을 화해의 방향으로 바꾸려는 시적 모색이라 할 수 있다. 여기서 화해는 현실을 미화하는 낙관이 아니다. 그것은 상처를 충분히 통과한 뒤에야 가능한 더 깊은 연민이며, 실패를 겪은 뒤에야 얻는 더 단단한 인내다. 그는 자기 안의 때를 닦아내려 하고, 타인의 미소와 풍경의 향기를 오래 품으며, 직장인의 현실적 삶 속에서도 꿈과 비전을 놓지 않는다. 그러므로 그의 시는 수행의 언어이자 연민의 언어이며, 동시에 삶을 다시 시작하게 하는 언어다.

　한국시에서 불교는 때로 사상으로만 소비되거나 상징으로만 차용되었다. 그러나 박철희의 시에서는 불교가 삶의 실제 속으로 내려와 있다. 법당의 침묵, 스님의 합장, 석탑 앞의 머뭇거림, 강가의 들꽃 향기, 낯선 이의 미소, 노부부의 동행, 병원의 답답한 공기, 지하도시를 향한 발걸음. 이 장면들은 서로 흩어진 것이 아니다. 모두 하나의 세계관을 이룬다. 그 세계관은 상생이며, 현실의 고통을 견디면서도 함께 살아갈 길을 잃지 않으려는 의지다.

　그래서 그의 시를 읽고 나면 그의 다음 시를 기다리게 된다. 그는 세상을 미워하는 방식으로 자기 상처를 키우지 않는다. 오히려 상처를 통과해 더 넓은 연민으로 나아간다. 그는 현실을 견디면서도 꿈을 포기하지 않는다. 그리고 불교적 사유를 낡은 관념으로 만들지 않고, 오늘의 삶 속에서 다시 살아 움직이는 감각으로 바꾸어 놓는다. 그런 시인은 드물다. 박철희의 시세계가 앞으로 더 깊고 넓게 뻗어 가리라는 기대를 품게 되는 이유도 바로 여기에 있다.

웨스턴 유토피아

필자

김유정 번역가와

김유정, 스닉다 굽타 번역가와

송상소 화백, 강만수 시인, 고정욱 작가, 이규각 화백과

강만수 시인, 세부서점 대표 도널드와

필자

레스토랑 바르바라 무희들 공연

김리영 시인과

이은표 대표와

강만수 시인과

필자